풀   잎

차   례

2

제 2 부　사랑은 자근자근

제 1 부

양귀비꽃

교　외

1

無毛한 생활에선 이미 잊힌 지 오랜 들꽃이 많다.

더욱이 이렇게 숱한 풀벌레 울어 예는 서녘 벌에
한알의 원숙한 果物과도 같은 붉은 落日을 형벌처럼 등
에 하고
홀로 바람 외진 들길을 걸어보면
이젠 자꾸만 모진 돌 틈에 비벼 피는 풀꽃들의 생각밖엔
없다.

멀리멀리 흘러가는 구름포기
그 구름포기 하나 떠오름이 없다.

2

풋물 같은 것에라도 젖어 있어야 한다.
풀밭엔 꽃잎사귀,
과일밭엔 나뭇잎들,

이젠 모든 것이 스스로의 무게로만 떨어져오는
산과 들이 이렇게 無風하고 보면
아 그렇게 푸르기만 하던 하늘, 푸르기만 하던 바다, 그
보다도
젊음이란 더욱더 답답한 것.

한없이 더워 있다 한없이 식어가는
피비린 終焉처럼
나는 오늘 하루 풋물 같은 것에라도 젖어 있어야 한다.

                    3

바람이여.

풀섶을 가던, 그리고 때로는 저기 북녘의 검은 산맥을
넘나들던
그 무형한 것이여.
너는 언제나 내가 이렇게 한낱 나뭇가지처럼 굳어 있을
땐

와 흔들며 애무했거니,
나의 그 풋풋한 것이여.
불어다오.
저 이름없는 풀꽃들을 향한 나의 사랑이
아직은 이렇게 가시지 않았을 때
다시 한번 불어다오, 바람이여.

아, 사랑이여.

능 금

가을을, 듣고 있었다.

지금 저기 저렇게 살벌한 나뭇가지에 익어 있는
(마치——어디론가 멀리 기울어만 가는 태양의
마지막 수확처럼 가지 끝에 익어 있는)
저 향 짙은 체중에 귀를 기울이고
뵈는 것보다도 더 많은 가을을
듣고 있었다.

……맨 처음엔 몹시도 가까운 거리에서 마구 설레는
일진의 바람소리가 들려오고,
다음엔 그 바람소리가 쏠리는 데로 흩어지는
무수한 나뭇잎들의 소리가 들려오고,
마지막엔 하나의 크낙한 종이 내는 음향과 같은
해맑은 소리가 도처에서 들려왔다.

풀잎 1

1

너의 이름이
부드러워서

너를 불러 일으키는
나의 聲帶가 부드러워서

어디에 비겨볼
의미도 없이

그냥 바람 속에
피어 서 있는

너의 그 푸른 눈길이
부드러워서

너에게서 피어오른
푸우런 향기가

너에게서 일어나는
드높은 음향이

발길에 어깨 위에
언덕길에 바위틈에

허물어진 거리
쓰러진 벽 틈에

그냥 저렇게 피어 무성한
너의 모습이 부드러워서……

아, 너의 온갖 어지러운 事象에 관한
싱싱한 推理가 부드러워서……

2

꽃보다

고운 이름.

흙보다
가까운 이름.

풀잎이여.
아 너 홀로
살아 있는 이름이여.

FALL

앞뜰에 능금이 익어서 떨어진다. 무수한 나뭇가지 그 끝에서——그리고 그냥 風靡를 계속하던 비와 바람 속에서만 몇 철——스스로 무르익어 체중들을 마련한 능금들이 뚝뚝 무르익어서 떨어진다.

현관을 차고 나가 鋪道에 이르면, 스스로의 무게만한 뉴턴의 가벼운 나뭇잎들이 맴돌며 떨어진다. 나는 지금 내가 선 나의 높이에서 땅 위에 이르는 거리, 그 조그마한 공간 속의 선회까지를 허락받지 못한 채 수직으로 떨어진다. 태양과 그리고 무수한 그의 위성들은 다시금 불이 붙는 남녘의 바다로——경사가 진다.

아, 지금 모든 것은 무르익어서 떨어진다. 높이가 있는 것 그 일체의 것이 한결같이 지상으로 떨어져 돌아온다. 나뭇잎과 과물과 태양과 해바라기와 그리고 유형 무형의 온갖 것들이 무르익어서 떨어진다. 시들어서 떨어진다. 아니 이 살벌한 계절, 그 전체가 그대로 무르익어서 떨어진다. 퇴색되어 떨어진다.

花瓶情景

그는 나이 어린 임부 모양
아래가 불러 앉아 있었다.

모란이 화문을 이룬
붉고 또 푸른 커튼을 젖히면

아침 햇살에는 사뭇
눈부신 빛깔을 머금고,

옛날── 아 실로 먼 옛날
나이 어린 어머님이 나를 배듯

꽃항아리는 임부 모양
배가 아래로 불러 앉아 있었다.

──어느 아침 유달리 푸르러 있는
그 꽃병의 아래를 쓰다듬으며

나는 차라리 풀잎 같은 물이 올라

어느 창변에 앉아 있었다.

영원히 분만할 수 없는 것을 하나
내가 잉태하고 앉아 있었다.

이 슬

나는 끝끝내
이 지상의 풀섶에 맺혔던 이슬들을
보석이라 부르다가

밤마다 恒과 遊의
붉고 푸른 천체들이
그 칠흑의 천상을 장식하는 동안
이 지상의 수풀 위에 머물렀던 이슬들을
나는 끝끝내 꽃이라 부르다가

그 모든 것들의
시작과 결론을,
다시 그들의 흥망과 성쇠를,
풍미해버리려던 태풍과 뇌우에도
변질을 거부해온 천애의 섭리와
한오래기 엷은 미풍에도 결국은
너와 내가 湮滅할 이 半空에 중립하여
그러나 아 나는 끝끝내
이곳의 황토 위에 이름없이 져버린 이슬들을

보석이라 부르다가
꽃이라 부르다가

그들이 머금었던 光量
그들이 소요했던 時空,
그들이 함유했던 각자의 체적들,
(비록 그것들은 저 먼 곳의 천체들과
몇천 몇만의 광년으로 거리는 하고 있었으나)
아 나는 끝끝내
이 나의 이웃에서
이름없이 맺혔다 져버린 이슬들을
꽃이라 부르다가
보석이라 부르다가……

손

1

손은 이제 한낱
낙엽에 不外했다.
이제 마음놓고 애무를 해도 좋은
알뜰한 사랑에도 흔히
주저를 한다.
──수다스런 전쟁과 건설보다는
손은 이제 차라리 그냥
패배와 폐허 속에 살고 싶어한다.
그러나 나는 언제쯤
그 손에 대한 불신임을 결의할 것인가?
손에서는 자꾸만
살더미 같은 꽃잎이
떨어질 뿐이다.
한때는 영영
내게서 떠나가던 사람에게까지
잡히지도 못하고 아끼웠던 손,
한때는 또

내가 소유할 태양을 위하여
기를 쥐고 앞장서 흔들었던 손,
그 손에서 지금은 자꾸만
낙엽이 질 뿐이다.
손은 이제 차라리 절규보다는
독한 술잔을 높이 든다.
손은 또 이제 꿈과 영원보다는
곁에 있는 것들을 사랑한다.
그러나 나는 이제
눈물에 젖은 고백이나
통곡까지를
이렇게 손으로만 하고 싶어한다.
손은 지금 한결
지옥과 같은 문 앞에서
떨고만 있다.
손이 묻힐 墓穴을
더듬고 있다.

2

체중이 가벼워져갈수록
손가락들이 긋고 지나가는 궤적
그 원들의 넓이는 더욱더 커갔다.
그러나 그 오오랜 시간 동안
나에게 쌓이던 어떤 무게의 의미
사랑인가 원한인가 그것은 아직
그 뜻 위에도 확률이 없다.
가령 어젯밤 그 풋과일처럼 설익었던
너의 한부분을 부드럽게 해주던
나의 손이 지닌 그 밀도와 체온도
지금은 또 모두가 고갈과 냉각을 계속하는 시간
그런 메마른 햇볕의 계절 위에서
나의 꿈은 제대로 익을 리가 없다.
오늘 나의 손에 남은 모든 것은 자꾸만
회의로만 회의로만 귀결하려 한다.
그러나 아 나는 반드시
이 고갈하고 냉각된 나의 꿈의 결실

그 확률마저를 잃어버린 손에서
어떤 기폭이라도 하나
찾아 흔들어야 한다.
아니 어떤 녹슬은 종소리라도 하나
찾아 울려야 한다.

양귀비꽃

잡으면 꺼질 듯한,
안으면 더욱 짓이겨질 듯한 저 꽃이
한때는 중국 대륙 전체를 취하게 했던
양귀비꽃,
일년생 초본이지만
그래서 지금도 낙일의 뜰을 흰히 밝히는
才色의 꽃.

눈을 감으면
당나라의 현종이 춤을 춘다.
수왕이 미쳐서 춤을 춘다.
양귀비가 알몸으로
춤을 춘다.

흔들면 꺾일 듯한,
입술을 갖다대면
더욱 간드러질 듯한 저 요태가
한때는 중국 대륙 전체를 취하게 했던
앵속과의 한해살이꽃.

눈을 감으면
춤을 춘다.
수많은 나체의 군상이
그 둘레에서 춤을 춘다.
숙취하여 춤을 춘다.

차창 풍경

잘못 감아온 연륜은
손가락 깨물던 어제의 終業日로……
오늘의 즐거운 내 여행은
삼등열차에서 비롯된다.

사뭇 우둔한 여름
풀벌레 숨찬 한더위 차창에서
문득 만나는
구름 같은 사람들.

칡순이 실뱀처럼 기어내리는 산협에는
고향을 가늠할 이정표 하나 볼 수 없고
누구를 가라는
황토 피는 신작로냐.

하늘 푸르고,
들 푸르러,
외로이 남는 두 줄기 레일에서
애국을 의논하며 기우뚱거리는

그래도 가난한 내 나라 사람들.

벼 피는 지평선에
노을은 갈앉고,
어데선지 또 한송이
최후를 신호하며 가는 신음소리……
아 어젯밤 조국에는
산을 잃은 역사가 마련이더니.

가을에 잃어버린 것들

가을에 잃어버린 것들,
그것은 가로수의 나무 끝에
피어 있던 나뭇잎들,
그 물오른 가지와 엽맥의 녹소들……

가을에 잃어버린 것들,
그것은 손처럼 품안으로 기어들던
부드러운 바람결,
흩어진 나뭇잎에 묻혀 울던 벌레울음,
아침과 저녁을 가려 벽들을 울리던
종소리──그 녹슨 쇠북의 늙은 여운들……

가을에 잃어버린 것들,
그것은 언제부터인가
손을 모으는 버릇들,
신이 부른다는 것들 그 일체를 그냥
순순히 그대로 보내고 싶던 마음……

아, 진정

가을에 잃어버린 것들,
그것은 무수한 사물과 뜻깊은 哲理들,
인간의 전부, 하늘과 땅의 총체,
우주의 그 일체,
그와 비슷한 거대한 것들……

그러나 아
다시 돌아와 깨닫고 보면
가을에 잃어버린 것들,
그것은 한낱 사소한 것들.
인간의 일부, 한 해의 측면,
감상이 소요하는 계절의 일부,
그와 비슷한 미립의 파편들……

휴지의 조각들…… 낙엽의 부스러기……
뿌우옇게 쓸려가는 먼지, 먼지,
먼지와 같은 것들……

바람 부는 날

오늘따라 바람이
저렇게 쉴새없이 설레고만 있음은
오늘은 내가
내게 있는 모든 것을 여의고만 있음을
바람도 나와 함께 안다는 말일까.

풀잎에
나뭇가지에
들길에 마을에
가을날 잎들이 말갛게 쓸리듯이
나는 오늘 그렇게 내게 있는 모든 것을
여의고만 있음을
바람도 나와 함께 안다는 말일까.

아 지금 바람이
저렇게 못 견디게 설레고만 있음은
오늘은 또 내가
내가 잃은 모든 것을 되찾고 있음을
바람도 나와 함께 안다는 말일까.

果　木

과목에 과물들이 무르익어 있는 사태처럼
나를 경악케 하는 것은 없다.

뿌리는 박질 붉은 황토에
가지들은 한낱 비바람들 속에 뻗어 출렁거렸으나

모든 것이 멸렬하는 가을을 가려 그는 홀로
황홀한 빛깔과 무게의 은총을 지니게 되는

과목에 과물들이 무르익어 있는 사태처럼
나를 경악케 하는 것은 없다.

──흔히 시를 잃고 저무는 한해, 그 가을에도
나는 이 과목의 기적 앞에 시력을 회복한다.

곤충학자

나는 어느날 어느 곤충학자 한분의 댁을 방문하였다. 일찍이 '일생을 벌레와 함께 살기로 작정하였다'는 이 노학자의 말을 나는 무슨 인생철학처럼 귀담아들으면서 웬일인지 시선은 자꾸만 그 노학자의 서재 四面에 붙어 있는 곤충채집의 액자들로 향하였다. 그 액자들 속에는 갖가지 곤충의 아름다운 날개들이 핀에 꽂힌 채 푸드덕거렸다.

사면이 울창한 숲에 둘러싸인 속에 그 곤충학자의 집은 있었고 더욱이 서재는 높은 이층에 위치한 탓인지 언젠가 한번은 그 벽에 걸린 곤충의 날개들로 하여금 이 노학자의 가옥은 기어코 어디론지 푸드덕푸드덕 날아가버릴 것 같은 기세를 보이었다.

──돌아오는 길에는 이미 내 사지에도 크낙한 곤충의 날개들이 돋아나고 있는 것 같은 착각을 일으켰다.

青果商

어느 청과상 소년 하나가

아침마다 창을 닦으며 태양을 기다린다.
이날의 태양빛이 새롭기 위해서는
창을 닦아야 한다는 걸까?
창을 말끔히 닦지 않고서는
청과의 빛깔들을 잃는다는 걸까?

아침마다 집어들던 조간의 불안들이
이 청과상 앞에서 흔히 닦이우곤 한다.
청과상의 소년이 닦는 유리창처럼.
그 유리창을 통해서 보이는
청과들의 얼굴들처럼.

——내게 보이는 세상까지도 때로는
그 청과상의 소년이 내다보는 풍경과 같다.
유리창 안에 아름다운 빛깔의 과물을
가득히 쌓아두고 창을 통해 내다보는
세상은 그런 풍경과 같다.

處暑記

처서 가까운 이 깊은 밤
천지를 울리던 우레소리들도 이젠
마치 우리들의 이마에 땀방울이 걷히듯
먼 산맥의 등성이를 넘어가나보다.

역시 나는 자정을 넘어
이 새벽의 나른한 시간까지는
고단한 꿈길을 참고 견뎌야만
처음으로 가을이 이 땅을 찾아오는
벌레 설레이는 소리라도 듣게 되나보다.

어떤 것은 명주실같이 빛나는 시름을,
어떤 것은 재깍재깍 녹슨 가윗소리로,
어떤 것은 또 엷은 거미줄에라도 걸려
파닥거리는 시늉으로
들리게 마련이지만,
그것들은 벌써 어떤 곳에서는 깊은 우물을 이루기도 하고
손이 시릴 만큼 차가운 개울물 소리를
이루기도 했다.

처서 가까운 이 깊은 밤
나는 아직은 깨어 있다가
저 우레소리가 산맥을 넘고, 설레이는 벌레소리가
강으로라도, 바다로라도, 다 흐르고 말면
그 맑은 아침에 비로소 잠이 들겠다.

세상이 유리잔같이 맑은
그 가을의 아침에 비로소
나는 잠이 들겠다.

어느 시골길에서

　날카로운 바늘 끝이나 핀셋 그런 것이 아니면 찍어올릴 수조차 없을 만큼 細細弱弱하면서도 총총한 이 낱낱의 풀 잎사귀, 낱낱의 꽃이파리 하나하나들도 자세히 살펴보노라면 참 신기한 몸놀림과 광채, 그리고 一科一屬이 모두 독립된 습성들을 지니고 있는 데는 새삼스레 놀라지 않을 수가 없다.

　일진의 엷은 미풍, 한 곬의 찬 물줄기가 흐를 때마다 그들의 표정과 몸가짐은 제각기 달라진다. 어떤 놈은 가벼운 도리질로 풍향 풍속을 시늉하고, 어떤 놈은 자못 경악의 표정으로 허리를 뽑아 落雨水溫을 감식하고 어떤 놈은 또 높직이높직이 발돋움까지 쳐올려 그들의 품성과 속성을 아낌없이 드러내 보인다.

　이른 아침 이마와 어깨 위, 그리고 온 몸뚱이에 맺혀 있는 그들의 이슬방울에서는 태양 광선이 받는 굴절률마저가 완연히들 달라서, 온갖 조화와 채색을 다하고 있다. 아무튼 방석만한 넓이의 풀밭만을 자세히 들여다봐도, 그것은 자못 장관과 절경의 연속이라 아니할 수 없다.

지금 이곳은 우연히 들어선 어느 외진 시골길──내 주위는 지금 사방팔방이 모두 푸우렇고 아득한 풀밭의 연속일 뿐, 온갖 날짐승, 온갖 벌레들마저 영롱한 그들의 보호색을 지녀버렸는데 난 이제야 뒤늦게 어딜 향해 숨가쁜 걸음을 재촉하고 있었던 것이었을까.

　어느 지름길, 어느 귀퉁이를 향해 이제야 달음박질을 치며 뛰어가본들 나의 육체는 이미 깊은 바다에 떨어지는 숯불의 운명일 뿐, 아아 진정 나는 이제야 뒤늦게 어딜 향해 숨가쁜 걸음을 재촉하고 있었던 것이었을까.

12 월

계절은 이제
마지막으로 남은
한꺼풀의 내의마저 벗어 팽개쳤다.

그 무수한
변온동물들도
이젠 일제히 물질교대를 중지하고
깊은 지각 속 동면으로 들어갔다.

이 12월이 오기 전
바로 그 문턱에서
또 한번 무료히 선택의 자유를 누렸던 시민들도
녹번동, 혹은 漢水를 건너 먼 흑석동,
그 호젓한 골목에 이르러서야 비로소 尿道를 풀고,
모두 큰 문들을 닫아버렸다.

그러고는 오직 창밖에서만
삼한사온처럼, 삼한사온처럼
한기와 온기, 한기와 온기들이 번갈아 지나갔다.

雷雨를 머금은 검은 대륙
그 바로 아래 조그만 해협의 반도에는
삼한사온처럼, 삼한사온처럼
한기와 온기, 한기와 온기들이
오직 창밖에서만 번갈아 지나갔다.

산책길에서

마음만은 항상 바쁘고 또 숨이 차다.

그러나 또 항상 손발이 무료한 낙일의 시간
나는 오늘도 어린 딸년을 앞세우고 들길을 걸어본다.

언덕에라도 올라 바라보면
언젠가는 그것이 못 견디게 지겨워서
발부리를 돌리고 만 그 도시가
또다시 위수령이라도 선포하지 않을 수 없었던 날의
조석간들처럼
먼 동녘의 강 건너에 펼쳐져 있다.

오늘도 끊임없이
내 친구녀석들——그 석유 묻은 손들이
돌출을 시켜놓은 특호 활자처럼
부정의 빌딩이며 일단짜리 판자촌,
그리고 誤植된 공업지대의 고딕체 굴뚝들이
거기 질펀히 낯익은 그 자리에들 펼쳐져 있다.

그러나 아 진정
모든 것을 사랑하기보다도 미워하기란
훨씬 더 어려운 노릇이로고나.
문득 나는 길섶에 피어 있는 풀꽃들을 따 드는
어린 딸년의 손목을 낚아채듯 끌며
돌아갈 길을 재촉한다.
그리고 총총한 걸음 속에서도 독백을 계속했다.

――돌아가야 한다, ――돌아가야 한다
――다시 그 소용돌이 속으로 되돌아가야 한다.

閒　日

1

이른 봄 돌솥에
청국장 끓는 소리,

내외는 늦거니
민화투를 친다.

마슬 간 어린것들
돌아올 때까지,

돌솥 청국장
끓어 닳도록,

내외는 늦거니
민화투를 친다.

2

비둘기 발톱같이 붉은
아내의 손톱이
내 푸른 솔밭에서
사냥을 한다.
아내의 무릎 위에 깨어나 보면
아내는 또 벌써 잠이 들어 있다.

손톱 끝으로 푸른 솔밭 속을 헤매며
서릿발을 까다가
이제 그만 기진해서 잠이 들어 있다.

비가 오는 여름밤은

비가 오는 여름밤은
일찍이 소등하고
창가에나 조용히 누워 있는 것이 멋이네.
한밤내 주룩주룩 내리는 빗소리에
흐려진 가슴을 씻기우고 누워 있으면
꽃밭에 쭈그린 청개구리보다도 오히려
내 마음이 화려하이.

아침마다 서울을 가자면
저 먼 三井里에 이르는 길,
혹은 더 먼 마을의 들길까지도 수북이수북이 피어 있던
그 허어연 들국화들도 지금쯤은
비를 맞겠지.
지금의 내 눈, 내 귀만큼이나 어둠에 예민해져
그 허어연 목덜미로 비를 맞겠지.

비가 오는 한여름밤은
일찍이 어린것들을 달래어 잠 재우고

창가에나 조용히 누워 있는 것이 멋이네.
한밤내 주룩주룩 내리는 빗소리에
흐려진 가슴을 씻기우고 누워 있으면
꽃밭에 도사린 꽃뱀보다도 오히려
내 몸매는 화려하이.

산상에서

안개인지, 비인지 모를 것을 아득히 거리 하고
저기 펼쳐진 뿌우연 풍경들.

이제 거기 두고 온 세상은 내 손바닥 하나로
부드러이 부드러이 어루만질 수도 있는 이 높이.

어디선가 크낙한 바위 우는 소리가 들려올 뿐,
산들이 손을 잡고 여기저기 앉고 서서

무슨 태고적 흙 묻은 이야기를 다시 새론 듯, 주고받는
그 무겁고 나직한 대화들이 사위에서 들려올 뿐.
안개인지, 비인지 모를 것을 아득히 거리 하고
거기 펼쳐진 뿌우연 시가들.

무성한 창의 숲, 높은 벽의 낭떠러지
이제 그 세상은 내 손바닥 하나로

부드러이 부드러이 어루만질 수도 있는 이 여유……

손톱을 깎으며

따뜻한 햇볕이 드는 마루 끝에 앉아 손톱을 깎는다. 이
럴 때마다 나는 곧잘 어떤 개운한 인생의 消耗나 消滅 같
은 것을 느끼곤 한다. 더욱이 어느 하루 80개나 되는 손톱
과 발톱을 깎고 났더니

　(우리집엔 도합 80개의 크고 작은 손톱과

　발톱이 있다)

어떤 걷잡을 수 없는 허탈감까지가 나를 사로잡는 것이
었다.

뜨거운 가을

사루비아,
백일홍,
그 위에 또 달리아까지
아직은
뜨거운 꽃들이 피어 있기에
우리들의 가슴은 식지 않는다.
앞뜰, 뒤뜰,
현관마다, 교정마다
아직은 숯불같이 뜨거운 꽃
들이 피어 있기에
우리들의 가슴은 식지 않는다.
아, 이 가을엔
설령 사랑쯤 하지 않아도
우리들의 가슴은 식지 않는다.

제 2 부

사랑은 자근자근

백목련

한없이 켜져만 있으려는 등불보다는
때가 오면 꺼질 줄도 아는, 그런 등불……
며칠 동안 맑은 外燈처럼 켜 있던 흰 목련꽃이
오늘은 뜰 귀 한쪽에서
소리없이 지고 있다.
숨소리도 입 안에만 머금고 사는
이 화사한 봄날—— 그러나 단 며칠 동안,
아침의 현관을 나설 때마다
그 불빛 이마 위에 서늘하게 와 부딪치더니,
오늘은 벌써 아픈 살이 되어
뜰 귀 한쪽에
흩어져 내린다.

물　결

　꽃은 물결이다. 그 향기가 물결이며 그 웃음이 물결이다. 그 누가 꽃에는 목소리가 없다 말했던가. 꽃밭에는 분명 카랑카랑한 목소리들이 있고, 그 목소리 또한 출렁이는 물결이다. 크고 작은 파문은 우물을 이루고, 호수를 이루고, 강을 이루며 바다를 이룬다. 그 융융한 물결 위에 벌나비는 한동안씩 떠 흐르다가, 정신없이 떠 흐르다가 기진맥진을 한다.

　너의 얼굴도 물결이다. 그 웃음이 물결이며, 그 눈물이 물결이며, 그 표정 전체가 물결이다. 그것은 맑은 우물이며 산골짜기 계곡이며, 강물이며 바다며 크고 작은 파도이다. 그 융융한 물결 위에 나는 한동안씩 몸을 뒤척이며 떠 흐르다가 문득 꿈을 깨고 만다. 그래서 까닭없이 속으로 통곡한다.

　세상도 물결이다. 골목골목이 물결이며 신작로가 물결이며, 산이 물결이며, 바다가 물결이며 또한 하늘이 물결이다. 기쁨의 물결, 슬픔의 물결, 아우성의 물결, 몸부림의 물결, 총알의 물결, 포성의 물결, 아비규환의 물결, 물결, 물결, 물결, 물결…… 물결, 물결, 물결…….

동백꽃

내 어릴 적
우리 큰댁 뒤뜰 대숲 속에 서 있던
그 늙은 동백나무
지금쯤 또 얼마나 늙었을까.

겨울방학을 하고
사근사근 내린 눈을 밟고
혹은 또 무릎까지 풍풍 빠지는 눈길을 걸어
찾아가면
가지마다 가득히 숯불 같은 꽃을 피워
어린 나를 맞아주더니.

그때 거기 살던 큰댁 큰아버지,
큰댁 큰어머니, 그리고 큰댁 형님들도 몇몇
벌써 늙어 세상을 하직하고,
그 어리던 나 또한 이제 슬슬
늙어가는 이 마당.

사람이 늙으면 공연히

세상 무너지는 소리도 들린다
선친들 늘 이르더니,
그 추운 겨울에도
숯불같이 고운 꽃 피워 나를 맞아주던
우리 큰댁 뒤뜰의 그 늙은
동백나무,
지금쯤 또 얼마나 더 늙었을까.

아 그때 그 무렵은 바다에 검은 바람 불고
산하에 눈이 쌓인 겨울날도
세상은 즐겁고 다습기만 하더니.

사랑은 자근자근

사랑은 자근자근
썹어볼 일일세
더욱이 해묵어가는 인생의 사랑은
자근자근 썹어볼 일일세.
더더욱이 더더욱이
달이 더해가고 해가 더해가는 아내와의 사랑은
자근자근 자근자근 썹어볼 일일세.

아무래도 아들 하나쯤은
더 둬야 할 게 아니냐 어쩌고저쩌고
아무래도 귀염둥이 막내딸 하나는
더 둬야 할 게 아니냐 어쩌고저쩌고
아직은 또 돈을 좀더 모아야 할 게 아니냐 땅덩이를 몇
마지기쯤 더 사 모아야 할 게 아니냐 어쩌고저쩌고
늦사랑은 해가 묵을수록
자근자근 썹어볼 일일세

아무래도 올 겨울엔
김장포기 장독대를 더 늘려야 하지 않겠느냐 어쩌고저쩌고

아무래도 내가 쓸 방, 우리가 거처할 방 하나쯤은
더 내어 지어야 할 게 아니냐 어쩌고저쩌고
어린것들 공부방은 이제 따로 둬야 할 게 아니냐 어쩌고
저쩌고……

이제 심심하니 콧수염이나 한번 길러볼까? 어쩌고저쩌고
그렇지만 그 나이에 아직은 뭘? 어쩌고저쩌고
달이 더해가고 해가 더해갈수록 내외의 사랑은
자근자근 자근자근 씹어볼 일일세.

어느 삼거리에서

고단한 출근길
아침마다 대문을 나서노라면
어린 딸아이와 아들녀석이
앞을 다퉈 따라나서며 동행을 강요한다.
어떤 날은 묵직한 딸아이의 책가방을 들어다주기도 하고,
어떤 날 아침에는 또
아들녀석의 신주머니를 들어다주기도 하지만,
어떻든 우리들은 오래지 않아 서로 헤어져야 할 삼거리
에 이르고 만다.

그런데 웬일일까, 아침마다 그들에게 동전 몇닢씩을 쥐
어주고 난 다음의 나의 가슴은 왜 그리 허전한지.
왜 그리 자꾸 서글퍼만지는지.
오래지 않아 저녁이면 다시 서로 합류될 것을 뻔히 알면
서도
나는 이 조그만 헤어짐이 못내
섭섭해만 지는 것이다.

언젠가는 꼭 한번 우리 앞에

아주 헤어져야 할 삼거리가 놓이고야 말 것이기에

나는 아침마다 미리미리 조금씩 울어둬야 하는 것일까.

그날은 기어이 터지고야 말 홍수 같은 그 울음을 달래기 위해

나는 미리미리 조금씩 울어두는 것일까.

그러나 어린것들의 얼굴과 가슴 속에는

언제나 훤한 아침햇살만 가득하다.

종달새

반쯤은 사랑이 담기고
반쯤은 미움이 담겼다가
그것마저 엎질러져 텅 빈
항아리 속에
이젠 한껏 밝고 세련된
빛과 소리가 쌓인다.

보리밭 이랑을 가는
푸른 수염의 초여름 바람,
하늘 높이 피어오르는
종달새의 휘파람 소리.

반쯤은 노래가 담기고
반쯤은 울음이 담겼다가
그것마저 엎질러져 텅 빈
左右心房 속에
이젠 한껏 세련된
빛과 소리가 쌓인다.

여보, 당신, 아야, 어여
하늘 높이 치솟는
종달새의 피맺힌 울음.

三淸洞의 三淸

삼청동은
산골짜기의 물이 맑아 좋다.
어둠이 채 풀리기도 전
새벽의 약수터 물은 홀로 깨어
골짜기를 울린다.
그런데 그 물 흐르는 소리는 때로
총알 흐르는 소리처럼도 들린다.

삼청동의 골목 골목은
어둠까지가 맑아 좋다.
태평로쯤, 아니면 광화문 네거리쯤에서
불빛이란 불빛은 모두 털어버리고
삼청동 골목에 접어들면
아스팔트 위에 어둠은
깨어질 듯이 깔려 있다.
그런데 그 어둠속에서도 때로는
총알 흐르는 소리가 들린다.

삼청동 사람들은

그 인정도 맑아 좋다.
연탄을 날라다 주는 아저씨의
그 새까만 얼굴에도
인정은 짙게 젖어 있다.
그러나 때로는 모든 사람들의 인정까지가
총알처럼 빨리 눈치를 살핀다.

낮 달

은박지 접어 만든
학 한마리가
푸른 하늘을 간다.
부리와 꼬리는 생략된 채
날개 푸덕이며
서으로 향하는
저 낮달 한조각.

뜻만을 노래하다보니
꿈을 잃고,
가락을 잃고,
그 모습까지를 잃을 뻔한
역사 속의 불구자
나의 그 애잔하고
그리운 새
한마리.

내 반생을 두고
네 마음만을 노래하다보니

나는 네 얼굴을 잃었다.
목소리를 잃었다.
옷 매무새를
잃었다.

아련히 흘러내린
그 육체, 그 살갗,
청자 물빛 항아리를
잃었다.
이젠 영영
잃고 말았다.

龜山山房散稿 1

이날 아침에도
구산 산방 꽃사과나무 가지 끝에서
산까치 내외가 울다 간 기억을
하오의 시간에야 나는 깨달았다.

한겨울의 하오,
싸각싸각한 동치미 국물로 점심을 때운 뒤
우리 내외는 산까치 울음 따라
서오릉 가는 길로 걸음을 옮겼다.
능의 입구 늙은 은행나무 까치집에서
까악! 까악! 산까치들이 마구 울어댔다.

약수터 석간수 한사발씩은
내외의 혈맥에 맑은 통로를 마련하고
이름 모를 겨울 산새 울음이 그 통로를 꿰뚫고 날아간
다.

아내여!
더는 늙지 말자!

이쯤의 신작로 위에 우리들의 이정표로 말뚝을 박고
세상일 한탄도 이젠 그만두자 !
늙지도, 젊지도 않은
아내여 !

龜山山房散稿 2

골목을 들어서면
문패들이 반짝거린다.
집집마다 문패들이
반짝거린다.

앞집 박씨네 집,
옆집 남씨네 집,
바른쪽의 장씨네 집,
그 건너 역시 장씨네 집,
모두들 문패들이 반짝거린다.
대리석에 이름을 새긴
하얀 문패, 귀목에 이름을 판
갈색의 문패,
은박 문패, 금박 문패,
반짝이는 문패들이
골목마다에 가득하다.
내 집 문패의 역사도
이미 20년, 시인이란 대명사는
이미 사반세기,

귀목의 문패에서 대리석의 문패로,
대리석 문패에서 또다시 나무 문패로
흘러온 변천사가 짧지는 않다.

그런데 보다 먼 훗날
내 문패는 어디서 찾을까?
골목에서 찾을까,
어느 호젓한 산비탈서 찾을까,
깊은 바다 물속에서 찾을까,
하늘에서 찾을까?
바람결서 찾을까?

龜山山房散稿 3

구산 산방에서는
아침마다 날개들이 파닥거린다.
지아비의 날개는 현관을 나서 북악의 산자락을 거쳐 청
계천 쪽으로,
딸아이는 신촌 방면의 대학촌으로,
아들녀석의 날개는 가까운 가좌동 쪽 언덕빼기로,
제각기 아침 햇살을 날개에 번뜩이며 날아간다.

이들 날개의 치다꺼리가 끝난 지어미의 날개는
안방에서 마루로, 뜰로, 뜰에서 다시 마루를 거쳐 부엌
으로, 욕실로 분주하게 파닥거린다.
그러고 나서 때로는 붓끝에 수묵을 적신다.
날개 끝에 진한 묵을 찍어 그 나름의 생각을 펴고, 그
나름의 생각을 가다듬어 획을 쳐보는 셈이다.
이 날개들은 비록 하찮고 가녀린 산새들의 그것이어도
좋다.
비바람에 오염되어 더럽혀진 날개라도 상관없다.
그것이 다행히 활달하고 기운찬 거학의 날개라면 더할
나위가 없다.

이들 날개들은 다만 그들 나름의 몸짓과
그들 나름의 뜻을 지니고 있으면
그만인 것이다.

휘파람새

어슴푸레하게나마 저 멀리
이젠 세상의 끄트머리가
보일 듯하다.
내가 어느 순간엔가 그 함정으로 침몰할
그 세상의 끄트머리가.

끝난다 끝난다 하면서
끝나지 않는
인류의 역사.
그 끄트머리 부근에 내가 서서
아직은 끝나지 않은
세상을 되돌아본다.

만일 나와 함께 인류의 역사가 끝나고, 지구의 역사가
끝나고, 우주의 역사마저 끝이 난다면
저 많은 푸나무는 누구를 위해 서 있고,
저 많은 산줄기 강줄기는
누구를 위해 흐를 것인가.

세상의 끄트머리가 어슴푸레
보일 듯 말 듯한 이 근처에서
나는 손을 한번 높이 들어본다.

갑자기 숲속을 날아가는 휘파람새처럼
나는 외로워진다.

해돋이 앞에서

아침마다 산을 오른다.
기쁨이 있는 아침이나,
슬픔이 있는 아침,
마음이 울적한 아침이나,
가슴속이 후련한 아침마다,
산을 오른다.

아침의 산상에는
해가 떠오른다.
해가 떠오르면 우주도 열린다.
먼 곳에서, 가까운 곳에서,
크고 작은 우주들이 마냥 열려온다.
산맥을 가르며 우주가 열려온다.
풀섶을 헤치며 우주가 열려온다.

해돋이 무렵은
하늘도 알몸,
땅도 알몸,
나도 알몸,

그 속에 또 하나의 새로운 우주는
열려온다. 열려서는 퍼진다.
알몸끼리 부딪치며 우주가 떠오른다.

풀잎 위에 얹혀 있는
이슬방울들이
우주를 머금고 있다.
내 얼굴을 머금고 있다.
슬픈 산하를 머금고 있다.
슬픈 산하 속의 내 얼굴을 머금고 있다.
초겨울의 아침 햇돋이 속에 열리는 우주는
영롱하지만 슬프기만 하다.
눈부시고 영롱해서
더욱 슬프기만 하다.

鶯峰의 뻐꾹새

약수터가 있는
우리집 뒷산 이름은
꾀꼬리 앵자 鶯峰이지만,
꾀꼬리는 한마리도 울질 않고
뻐꾹새만 운다.

(혹시나 꾀꼴새가 목이 쉬어
뻐꾹새가 되었을까?)

하기야 이놈의 세상은
목도 쉴만 하지.
꾀꼴새가 뻐꾹새로
될 만도 하지.

새벽마다 뻐꾹이는
뒷산에서 쉰 목을 터쳐
버꾹, 버꾹, 뻐국, 뻐국,
우리집 마당에까지
퍼져내려와

풀섶과 나뭇잎들을 스치다가
땅속으로 스며들지만
꾀꼴새는 한마리도 울어주지 않는다.

약수터가 있는
우리집 뒷산 이름은
꾀꼬리 앵자 鶯峰인데,
우리집 뜰에는 꾀꼴새는 한마리도 날아들질 않고,
참새떼만 날아든다.

(혹시 꾀꼴새가 보호색을 지녀
참새가 되었을까?)

하기야 이놈의 세상은
날짐승까지가 보호색을 지닐 만도 하지.
꾀꼴새가 참새로
될 만도 하지.

誤　植

이제 막 주조를 해낸
활자들처럼
반짝, 반짝, 반짝거리며
쏟아져내리는 대화들
(이런 때 내가 잡는 오식은
많을수록 즐겁다.)

우리가 젊어서, 한창 젊어서
사랑에라도 빠졌을 때
우리들 대화에서도 이런
빛깔과 소리가 났었다.

옛날, 그리고 여름과 가을 햇볕 속에
먼 곳으로, 먼 곳으로만 쓸려갔던 풀벌레 소리가
녹이 슬고 퇴색되어 돌아오더니,
이제 막 주조를 해낸
활자들처럼
반짝, 반짝, 반짝거리며
쏟아져내리는 대화들

(이런 때 내가 잡는 오식은
많을수록 즐겁다)

長城 갈재

장성 갈재 넘어
고향 산천 찾아갈 땐
지순한 어린 양 시늉을 하고

장성 갈재 넘어
고향 산천을 되돌아올 때는
풀죽은 속죄양의
표정이 된다.

아, 지금도 겉으로는
(꽃처럼 피어 있는 도시……)
그러나 가슴속은 머루알들처럼
시퍼런 멍이 들고 말았고나!

한때는 이 장성 갈재 부근에서
산을 잃어버린 역사의 도시,
이젠 눈물도, 한숨도 모두
장성댐 깊은 물에 잠겨버렸다.

생   활

생활이란 때로
꽃밭과 같은 기쁨의 방석이기도 하지만,
생활이란 때로 그 기쁨의 방석을 송두리째 걷어가는
낮도둑들이나
넝마주이 같은 것이기도 하다.

넝마 같은 꽃방석이지만,
그것을 걷어들여 집안에 깔아놓으면
그래도 거기 그 방석 위에
좋아라 잠이 드는 나의 어린 권솔들.

어제는 또 내가
어떤 종류의 꽃방석을, 넝마를 걷어들여왔을까.
새벽잠이 깨어
미닫이에 햇살 퍼부을 때까지
나는 아직 뜬눈이로고나.

오늘은 또 내가
어디로 넝마를 주으러 갈까
아직 부엉이 같은 눈이로고나.

황소와 소년

어린 소년 하나가
황소 세 마리를 끌고 시골길을 간다.
몸집도 소년보다 몇 곱절 크고,
힘도 소년보다 몇 곱절 세어 보이지만
황소들은 그 소년에게 기꺼이 순종한다.
순한 짐승에 순한 사람의 관계이다.

낙일의 시간
서쪽 하늘은 곱게 불에 타고,
산자락들은 차차 검은 빛을 띠며,
그러나 언덕빼기 황토밭길은 아직 환하다.

황소와 소년이 사는 마을은 어디쯤 있는 것일까.
앞산 뒷산 언덕 너머에서 푸른 연기만 피어오를 뿐,
마을은 아직 보이지 않는다.

흰 동정의 분홍빛 저고리를 입은 소년은
검정 무명 바지를 입었다.

低 音

저음으로,
아주 낮은 저음으로,

들리지 않을 만한
저음으로.

아주 가까이서도 들리지 않을 만한
그런 저음으로.

그러나 끈끈한
저음으로.

표정도 풀고,
가슴도 풀고.

시선도 부드럽게,
손길도 부드럽게,

아주 낮고,
아주 부드럽게……

제 3 부

신의 餘滴

燈火管制

하필이면
달 밝은 밤에
등화관제를 한담

민방위날 등화관제 하던 날 밤은
손거울 같은 반달이
벽오동 나뭇가지에
외등처럼 걸려 있었다.

시간 맞춰 소등하고
마루 끝에 앉아 있는 우리 내외를
누군가 하늘에서
해맑은 얼굴로 내려다보았다.

우리들은 참 오랜만에 달빛 아래
부끄러운 시간을 가진 다음
옥상 장독대에 올라가
사위를 살폈다.

빛은 빛에 의해
빛을 못 보고
그늘은 그늘에 의해
더욱 어두워진 세상.

이날 밤은 참 오랜만에
산과 들판과 지붕과 나무들의
참모습을 보았다.
우리 본연의
자연을 보았다.

하필이면
달 밝은 밤에
등화관제를 한담

갠지스 강변에서

파리의 세느 강변에서
구성지게 육자배기를 불러대던 千二斗형은

인도의 바라나시 근교의
갠지스 강변에 이르러
드디어 울음을 터뜨렸다.

이 강 건너 북진한 釋尊의 자비는
아직 돌아오지 않고 있는 가운데

죽어서 떠내려가는 물소의 등을 파먹는
독수리의 '無心'함이 그를 울렸고,

축원의 촛불을 켜 들고
거룻배로 다가서 적선을 외치는
굶주린 소녀가 그를 울렸고,
강변 화장터에서
쉴 사이 없이 타오르는
푸른 영혼의 연기가 그를 울렸다.

천이두형과 동행한 일행들은
모두 울었다.

이런 敵意

퐁텐블로 숲속과
바르비종 마을에 가서
「晩鐘」 속의 밀레를 만났을 때는
마음이 그지없이 푸근하고
평화롭더니,

루브르미술관으로 가서
레오나르도 다빈치의
「모나리자」상 앞에 섰을 때는
이미 거기에 어떤 적의가
감돌고 있었다.

언제부터인가
방탄유리 속에 갇혀 있는
「모나리자」상 앞에는
이날도 여러 나라 여러 인종의
눈동자들이
보석상의 보석들처럼 빛나고 있었지만,

이날따라 그녀의 미소는
한껏 일그러져만
보였다.

언제 또
그 방탄유리를 꿰뚫는
어느 가인의 총알 소리가
들려올 것인가?
적의 속에 갇혀 있는 한 그녀는
결코 미녀가 아니다.

해당화

바다는 괴로울 때
몸 전체로 우는
버릇이 있다.

병들어 신음하는
지구덩어리를
그의 등에 업고
몸을 뒤척이는 바다의 곁에 서서

나는 두 손을 높이 들어
경의를 표한다.

이럴 때마다
바다와 나의 이웃에는
붉은 반점이 돋아났다.

동해안의
여름 해당화.

물방울의 強度

물방울은
천년을 두고 떨어져서
바위에 구멍을 뚫는다.

그러나 돌멩이는
만년을 두고 몸부림쳐도
호수에 구멍 하나 뚫지 못한다.

이런 섭리로 하여
우리는 돌멩이와 물방울의
강도를 예측하지 못한다.

남들이 총알처럼 강하게
울부짖을 때
그래서 시인들은
바람처럼 노래한다.

꽃상여 1

홀가분하여라
홀가분하여라
이 세상 떨치고 가는 길
눈부시게 홀가분하여라 !

봄의 입김도 뿌우연
밭두덩 논두덩길
푸른 잔디 푸성귀밭 사잇길로
바람결 헤쳐 헤쳐
노송림도 굽이 돌아
이제 가면 언제 오리
다신 오진 않을란다 !

홀가분하여라
홀가분하여라
둥 둥 둥
눈부신 꽃상여
이 세상 떨치고 가는 길
홀가분하여라 !

꽃상여 2

상복은 딱히 가마귀빛이어야만 하는가.

상여는 또 꼭 흰새 빛이어야만 하는가.

파랑새 빛이면 어떻고, 붉은 장미빛이면 어떻고,

일곱가지 빛 찬란한 새 날갯빛이면 또 어떤가.

한평생 한으로 살다가
떠나는 길, 그 마지막 길,

천리만리 마다 않는 오색 만장 뒤따르는
눈부신 꽃상여면 또 어떤가.

진정 어떤가.

신의 餘滴

나는 한방울
신의 여적

하필이면 그것을
한반도 고달픈 땅에
떨구어주셨음을
신에게 감사한다.

고달픈 역사를 지녔으나
진한 핏줄이 면면한,
한반도 그 중에서도
해남반도의 땅끝마을
가난한 땅에

한방울 남은 신의 여적
떨구어주셨음을 하늘과 땅에 감사한다.
그것은 한낱
바닷가 한촌의

물거품이었지만,
그것은 또 황토 언덕 풋보리밭 이랑의
한방울 이슬이었지만
나는 그 한방울 신의 여적에
감사한다.

地脈 人脈

푸른 산줄기는
푸른 산줄기로 이어지고
하얀 산줄기는
하얀 산줄기로 이어졌다.

푸른 산봉우리엔
푸른 바람
하얀 산봉우리엔
하얀 구름.

市井 사람들도
같은 색상들끼리
통풍하며
살아간다.

푸성귀장수와 청과물상
생선장수와 건어물상들도
그들끼리만 통정하며

즐거운 사람들은
즐거운 사람들끼리
슬프고 고달픈 사람들도
그들끼리 끼리끼리

기쁨과 슬픔
아픔 나누며
살아간다.
그런대로 짭짤한
세상 사는 맛인가.

늙는다는 것

시골 도시 외곽 달동네 헐벗은 아이들 뛰노는 빈터에 자리잡은 곡마단의 신나는 곡예판도 끝나 시들해질 무렵 거기 늦가을 찬바람과 함께 펄럭이는 포장자락들,

또는 어느 외진 바닷가 질펀한 모래밭에 여름 한철 신나던 젊은 벌거숭이들의 광란도 끝나 시들해질 무렵 거기 한기와 함께 펄럭이는 텐트자락들,

뭐 그렇고 그런,
인생살이 끝판 같은 쓸쓸함이
엄습해올 때가 있다.

그것은 봄 여름 가을 겨울 없이 요즘의 나에게는 어느때 어디에서건 밀어닥친다.

내가 가진 것과 못 가진 것, 부러운 것들과 혐오스러운 것, 슬플 때나 즐거울 때 가리지 않고 그런 것과는 아무 상관없이 시도 때도 없이 조건도 없이 짙은 안개자락 밀려오듯 그런 외로움이 엄습해올 때가 있다.
나도 이젠 진정 늙어가는가.

꽃

그 누군가 우리에게 꽃을 창조해줄 때도 여러가지 궁리
는 있었나보다.

어떤 것은 나비 모양으로 만들고 어떤 것은 새 모양으로
만들고 어떤 것은 또 안개 모양으로 구름 모양으로 빚어놓
았다.

어떤 때는 그것들을 또 한데 묶어서 융단처럼 깔아놓고
바다처럼 펼쳐놓고 산처럼도 쌓아올렸다.

그 누군가 우리에게 꽃을 창조해줄 때도 여러가지 궁리
는 있었나보다.

老松賦

씨 떨어져 싹트기 시작한 자리에서 한발짝도 옮겨갈 수 없는 숙명의 한을 오직 뼈아픈 용의 트림으로 달래면서 빡빡 늙어버린 저 한그루의 소나무. 그러나 저렇게도 풍성한 연초록의 잎을 수북이 피워 남빛 하늘을 오히려 초록의 제 것으로 젖어들였나니,

나 또한 처음 落地한 이 자리에서 늙어가고 있는 바 저 늙은 한그루 소나무를 시늉으로라도 닮고자 함이리니 저 뒤틀리며 솟아오른 용트림의 아픈 마디와 껍질이며 연둣빛 이파리의 총총함이 그렇고 바람과 함께 쓸리는 솔바람 소리 같은 것이 또한 그렇다.

흙이란 원래 박하기도 하고 걸기도 한 것이어니 황토다, 옥토다 푸념만 일삼아선 안되느니 오직 정해진 제자리 지키며 곱게 자라 곱게 늙고 볼 일. 아무렴 그렇구 그렇구 말구.

동 행

두 사람이 아득한 길을 걸어왔는데
발자국은 한사람 것만 찍혔다.

한때는 황홀한 꽃길 걸으며 가시밭길도 헤치며 낮은 언
덕 높은 산도 오르내리면서

한사람 한눈 팔면
한사람이 이끌며 여기까지 왔다.

때로는 즐겁고 때로는
고달프기도 했던 평행의 레일 위에

어느덧 계절도 저물어
가을꽃들 피기 시작한다.

하느님께서 보시니 참 나쁘다

하느님께서 보시니 참 좋았다―구약 창세기 천지 창조

빛과 어둠 창조해 낮과 밤 나누시고 하느님께서 보시니 참 좋았다. 하늘과 땅, 바다 만들고 낱알의 풀, 씨 있는 과일나무 창조하신 다음 하느님께서 보시니 참 좋았다.

해와 달, 별들 마련하고 바다에는 물고기, 창공에는 날으는 새, 땅 위에는 온갖 집짐승과 들짐승 창조하시고 하느님께서 보시니 참 좋았다.

사람을 지으시되 남자와 여자로 나누었다.
──이렇게 만드신 모든 것을 하느님께서 보시니 참 좋았다.

그렇게도 좋은 세상 다 어딜 갔을꼬. 하느님께서 보시니 참 나쁘다.

──낮과 밤 구분 없고, 하늘과 땅, 바닷물, 낱알의 풀, 씨 있는 과일나무 오염되고, 해와 달, 별들도 제대로 볼 수 없느니, 물고기와 날으는 새, 집짐승, 들짐승 병들고, 사람들 모두 타락했느니.

하느님께서 보시니 참 나쁘다 !

구산동 일지 1

깍깍거리는 산까치 울음소리에 잠이 깬 이른 새벽, 산자락과 골짜기마다 밀려드는 안개에는 지천으로 피어 있는 진달래와 할미꽃, 산수유 등속 화사한 꽃빛깔과 향기들이 짙게 묻어 있었다.

어느 곳에 이르러서는 또 이제 한창 새잎들이 피어나는 젊은 소나무밭, 그 끈끈하고 떨떠름한 솔잎 냄새, 송진 냄새도 안개의 속살 깊이 배어 있었다.

십년쯤, 아니 이십년쯤 후에, 이 땅, 이 산자락, 이 안개자락들 여기 남겨두고 내가 가야 할 곳은 과연 어디인가. 정든 얼굴, 귀에 익은 새소리들 여기 남겨두고 내가 갈 곳은 도대체 어디인가.

수십년 동안을 오직 젊음에 들떠 나이를 잊고 살아오다가, 요즘따라 새삼 어느쯤 늙어 있는 자신의 나이를 실감하며 반쯤 허탈한 상태로 산비탈을 오르는데, 과연 내가 지금 가고 있는 곳은 어디인가. 산새들 울음소리와 바람결만이 한껏 신선해 보인다.

얼마 전, 우리 여섯 남매 중 막내인 나 하나만을 여기
팽개치고 훌훌 말없이 떠나시던 누님의 입관 때, 쿵 쿵 쿵
나무못 두들기던 망치소리가 아직 귀에 선하다.

구산동 일지 2

하루가 멀다 하고
친구녀석들 결혼 청첩장을 받아들 때가
엊그제 같은데
이젠 벌써 그들 자녀 혼인 소식이 끊이지 않는다.

자녀들 혼인 소식을 접할 때는
그런대로 가슴 한구석에
푸성귀 같은 새싹들을 돋아나게도 하지만,
어쩌다 그것들에 섞여 날아드는
먼저 간 친구녀석 訃音도 접할라 치면
가슴속은 텅 비어 허탈 상태가 되고 만다.
그러면서 쳐다뵈는 것은
빈 하늘뿐.

결혼 청첩장과 부음——
그 종이 한장 차이의 실상과 허상은
강한 光反應을 일으키며 우리들 정신을 어지럽히는 어제
오늘,

김해시 대성동 어디선가는
옛 금관가야의 왕릉에서
巴形銅器 등 4, 5세기 적 유물들이
다량 출토되었다 한다.
능의 주인공──그 영혼은 아직
확인되지 않은 채──

구산동 일지 3

맹감나무가 보고 싶다.
아침 햇살 받아 반짝반짝 윤기 흐르는,
맹감나무 이파리가 보고 싶다.
고향 산 꾀꼬리 울음 거기 와 응결된,
맹감나무 열매가 보고 싶다.

그것은 고향의 푸나무였다.
좀처럼 맹감나무를 볼 수 없는
수도권의 산,
구산동 우리집 뒷산에서도
맹감나무는 볼 수가 없다.

언젠가 전라도땅 순천에 가서
그곳 梁東植 시인과 함께 새벽 산을 오르며 보았던,
한무더기의 맹감나무 숲.
그것은 분명 고향의 푸나무였다.

이파리마다 빛나는 윤기 철철 넘쳐 흐르는 맹감나무 숲,
그 새콤한 열매엔 고향의 흙 냄새,

고향의 바람 냄새, 바다 냄새
고향 산 꾀꼬리 울음이 응결돼 있었다.
오랫동안 잊었던 고향을 씹듯이
그것들을 깨물고 싶었다.

구산동 일지 4

일요일 늦은 하오
낙일의 시간에
訃音은 날아왔다.

붉은 햇덩이가
식어가는 숯덩어리처럼 구산동 뒷산으로 떨어지면서
초가을 풀빛이 그 빛을 잃어가는 시간에
李文熙형의 부음은 날아왔다.
산을 넘어가는
검은 까마귀의 울음처럼.

「黑麥」의 작가, 「雨期의 詩」의 작가,
「하모니카의 계절」의 작가 이문희형은
총각시절 나와 하숙 동기생.
서울 북아현동 홍씨네 집
한지붕 밑 문간방에서의
하숙 동기생.
그의 18번은 「오! 솔레미오」,
내 18번은 슬픈 「부용산」이었다.

잘 가게나! 내 친구
「오! 나의 태양」 부르며
경기도 벽제 쪽 공동묘지로,
나는 오늘도 「부용산」이나 부르리.
"솔밭 사이사이로,
간다는 말 한마디 없이……"
부용산 노래를 슬프게 부르리.

고향은 땅끝

고향은
땅끝이었다.
더는 나아갈 수가
없었다.

한반도의 최남단,
해남반도, 그 중에서도
맨 꼬리인 화원반도,
그 너머는
땅끝이었다.
더는 나아갈 수가
없었다.

어디론가
가고 싶은 마음
바다 같고, 하늘 같았지만
더는 나아갈 수가
없었다.

가고 싶은 마음은
깃발이었다.
다만 바닷바람에
찢어지는 깃발이었다.
찢어져서 나부끼는
깃발이었다.

더는 나아갈 수가
없었다.

안개비

안개비가 내리고 있다.

이 세상 풍경들은 모두
푸르스름한 모기장 속에
갇혀 있다.

인간이 아무리
빗방울을 잘게 썰 수 있다 한들
이런 造化를 이룰 수 있으랴.

물방울까지 이렇게 잘게 써는
그는 과연 누구인가.

풀잎 2

풀잎은
퍽도 아름다운 이름을 가졌어요.
우리가 '풀잎' 하고 그를 부를 때는,
우리들의 입 속에서는 푸른 휘파람 소리가 나거든요.

바람이 부는 날의 풀잎들은
왜 저리 몸을 흔들까요.
소나기가 오는 날의 풀잎들은
왜 저리 또 몸을 통통거릴까요.

풀잎은
퍽도 아름다운 이름을 가졌어요.
우리가 '풀잎' '풀잎' 하고 자꾸 부르면,
우리의 몸과 맘도 어느덧
푸른 풀잎이 돼버리거든요.

시와 슬기

김 종 길

　내가 박성룡 시인을 처음 만난 것은 1956년 무렵 대구에서였다. '1956년 무렵'이라고 말하는 것은 그가 『문학예술』의 추천을 마친 해가 그해이기 때문이지 내 기억이 확실해서가 아니다. 아무튼 「교외」라는 작품이 추천작으로 그 잡지에 실린 뒤의 일인 것만은 틀림이 없다.

　그와의 첫 대면의 기억 또한 확실하지 않다. 그를 처음으로 만난 장소는 구(舊)대구역에서 멀지 않은 '녹향'다방이었거나 향촌동이나 그 근방의 술집 같은 데였을 것이고 당시의 그곳 문학청년들과 함께한 자리였을 것이다. 그의 첫인상에 관한 것도 특별히 생각나는 것은 없다. 그는 그때도 수척한 편이었고 말수가 적었고 말소리도 나직나직했다. 한마디로 겸손하고 다분히 소극적이라는 인상이었던 것 같다. 이와같이 내게 준 그의 사람으로서의 첫인상은 평범한 것에 불과했다.

　그러나 그의 첫번째의 추천 작품인 「교외」는 결코 평범한 작품이 아니었다. 그것은 규모나 풍격에 있어 신인의 작품으로는 예외적일 만큼 인상적인 작품이었다. 그 작품은 세 부분으로 나뉘어져 있는데 첫부분은 다음과 같다.

無毛한 생활에선 이미 잊힌 지 오랜 들꽃이 많다.

더욱이 이렇게 숱한 풀벌레 울어 예는 서녘 벌에
한알의 원숙한 果物과도 같은 落日을 형벌처럼 등에 하고
홀로 바람 외진 들길을 걸어보면
이젠 자꾸만 모진 돌 틈에 비벼 피는 풀꽃들의 생각밖엔 없다.

멀리멀리 흘러가는 구름포기
그 구름포기 하나 떠오름이 없다.

이 시행들이 보이는 어조와 리듬은 20대 전반의 시인의 것으로는 보기 어려울 뿐만 아니라 그 당시의 우리 시단을 통틀어서도 가장 원숙한 시적 음성이라고 할 수 있다. 같은 무렵에 발표된 미당의 「無等을 보며」「光化門」「上里果園」과 같은 작품들이 보이는 음성에 비하면 평순한 편이지만 그것은 거의 비슷한 나이의 사람의 음성이다. 우선 여기서 사용된 한자어들을 보라. 그것들은 몇개밖에 되지 않으나 매우 효과적으로 쓰여 노련하게 어조를 조절하고 있다.

그 노련한 조절은 따지고 보면 부적절한 단어조차도 슬며시 감싸버리는데 인용된 부분의 첫머리에 보이는 "無毛한"이라는 말이 그러한 말이다. 이 말은 '不毛한'이라고 했어야 하는데 '불모한'보다는 이 문장의 첫머리에서는 "무모한"이 덜 요란스러워서 독자로 하여금 말뜻의 부적절함을 눈감게 만든다. 이것은 또한 그 말로 시작되는 문장의 의젓함이 자아내는 일종의 권위에 의해서도 보장된다. 그 권위란 그 문장에만 국한된 것이 아니라

이 부분의 다른 문장들에서도 느껴지는 일종의 불가피성 내지는 필연성의 느낌이다.

　이 부분에서 그 다음으로 한자어가 사용된, 그것도 집중적으로 사용된 행이

　　한알의 원숙한 果物과도 같은 붉은 落日을 형벌처럼 등에
　　하고

라는 한 행이다. 여기서도 "無毛한"과 같은 다소 부적절한 단어가 눈에 띄는데 그것은 "果物"이라는 말이다. 이 말은 일본어에서 쓰는 일본식 한자어이다. 그러나 이 행에서는 그것이 별로 어색하질 않고 앞의 "無毛한"처럼 독자로 하여금 무난히 받아들이게 한다. 그렇게 되는 데에는 "원숙한 果物과도 같은 붉은 落日을 형벌처럼"이라는 두개의 아름다운 직유가 겹치면서 자아내는 '권위'도 작용하고 있지만 여기서는 4행에 걸쳐 있는 부드럽고도 유장한 운율이 큰 몫을 하고 있다.

　「교외」의 첫부분의 음성의 원숙함이나 노련함은 물론 거기서 사용된 한자어들 때문만은 아니다. 그보다도 압도적으로 그러한 음성을 빚어내는 데 이바지하고 있는 것이 순수한 우리말의 어투이다. 4행에 걸치는 이 부분의 둘째 문장만을 보더라도 거기에는 "숱한 풀벌레 울어 예는 서녘 벌" "落日을 형벌처럼 등에 하고" "바람 외진 들길" 및 "돌 틈에 비벼 피는 풀꽃"과 같은 옛스럽거나 나이 많은 사람들의 것과 같은 말씨가 행마다 들어 있다. 그리고 그것들은 매우 자연스럽게 그리고 능란하게 구사되어 원숙하고 의젓한 시적 음성을 자아내는 것이다.

　시적 음성의 원숙함은 단순히 시어나 운율만의 문제가 아니라 그것들의 밑바닥에 깔려 있는 시인의 기질이나 지각과 직접적인

관련이 있다. 그러면 박성룡의 시인으로서의 기질이나 지각의 특성은 어떤 것일까. 그것은 「교외」에서처럼 유연하면서도 섬세하고 감각적이면서도 명상적인 관조라는 점에서 찾아야 할 것이다. 그리고 이 시인의 관조는 거시적인 데가 있어 그의 시의 풍격에 이바지한다. 「교외」가 일종의 자기관조라면 그보다 7, 8년 뒤에 쓰여진 「양귀비꽃」은 양귀비꽃이라는 자기 밖의 사물에 대한 관조이다.

> 잡으면 꺼질 듯한,
> 안으면 더욱 짓이겨질 듯한 저 꽃이
> 한때는 중국 대륙 전체를 취하게 했던
> 양귀비꽃,
> 일년생 초본이지만
> 그래서 지금도 낙일의 뜰을 훤히 밝히는
> 才色의 꽃.

이것은 그 작품의 첫부분이지만 여기서 볼 수 있듯이 시인은 양귀비꽃을 단순히 즉물적으로 관조하는 것이 아니라 그것의 열매인 아편과 그것의 이름이 된 양귀비에 관해 거시적으로 명상하고 있다. 1963년 여름에 이 작품이 처음 발표되었을 때 필자는 동아일보의 '시단 월평'에서 다음과 같이 말한 바 있다.

> 이 작품의 구조는 '앵속과의 한해살이 꽃'으로서의 양귀비꽃의 마취작용과 그 꽃의 이름이 된 양귀비의 역사적인 '마취작용'의, 말하자면 '더블 플롯' 위에 서 있다. 게다가 그 마취작용은 너무나 가냘픈 그 꽃이나 그 여인이 "중국 대륙 전체"와 그 "당나라의 현종"이라는 어마어마한 대상에 대한 것이었

다는 데에 인상적인 대조를 얻고 있는 것이다.

인용이 좀 길었으나 필자는 또한 그 월평에서 "그래서 지금도 낙일의 뜰을 훤히 밝히는／才色의 꽃"이라는 인용된 부분의 마지막 두 줄이 "거의 대가에 가까운 풍격"을 풍기고 있다는 점과 이 부분의 리듬과 '이지(理智)의 움직임'을 언급하였다. 그리고 필자는 또한 거기서

　이 시인이 그 연령에 비해 원숙한 느낌을 주는 것은 말의 음악이나 이지의 움직임의 어느 한편에 치우치지 않기 때문이다. 그러면서도 그는 그 둘을 아무렇지도 않게 조화시켜나가면서 그 어느 쪽도 얼른 눈에 뜨이지 않게 재주를 숨기도 있다.

는 지적도 해두었다.

이렇듯 박성룡은 그의 30대초부터 이미 "거의 대가에 가까운" 원숙함과 풍격을 그의 작품에서 보여주는데 1964년 10월호 『현대문학』에 발표된 「處暑記」는 그것을 재확인시키는 작품이었다. 그 작품의 셋째 부분과 넷째 부분을 여기 옮겨보기로 하지만 셋째 부분은 벌레소리를 묘사한 대목이다.

　어떤 것은 명주실같이 빛나는 시름을,
　어떤 것은 재깍재깍 녹슨 가윗소리로,
　어떤 것은 또 엷은 거미줄에라도 걸려
　파닥거리는 시늉으로
　들리게 마련이지만,
　그것들은 벌써 어떤 곳에서는 깊은 우물을 이루기도 하고

손이 시릴 만큼 차가운 개울물 소리를
이루기도 했다.

처서 가까운 이 깊은 밤
나는 아직은 깨어 있다가
저 우레소리가 산맥을 넘고, 설레이는 벌레소리가
강으로라도, 바다로라도, 다 흐르고 말면
그 맑은 아침에 비로소 잠이 들겠다.

　여기 보이는 벌레소리의 묘사는 우리 시 뿐만 아니라 세계 시를 통틀어서도 유례를 찾기 어려운 절창이라 할 만하다. 첫 4행에 걸친 치밀하고도 섬세한 은유적 이미지들이 “우물”과 “개울물”의 공감각적인 이미지들로 수렴되는 시적 사고는 유창하고도 유연하기 그지없다. 그리고 이 벌레소리를 표현하는 숨가쁠 정도로 충만한 이미지의 향연 다음에 오는 이 작품의 넷째 부분의 조용하고 해맑은 진술의 리듬은 작품의 종결을 매우 자연스럽게 준비한다.
　앞에서 언급한 1963년 여름의 동아일보의 월평에서 필자는 「양귀비꽃」의 특성을 ‘음악’이라는 말로 그리고 허만하의 「地層」의 그것을 ‘조형’이라는 말로 표시했지만 사실 박성룡의 시는 음악적일 뿐만 아니라 조형적이기도 하다. 시의 음악성은 주로 운율에서 생겨나지만 시의 조형성은 주로 이미지나 구조에서 생겨난다. 그러므로 필자가 30여년 전에 ‘더블 플롯’에 비유한 「양귀비꽃」의 구조나 「處暑記」에서의 벌레소리의 묘사가 보이는 정치한 이미지의 구사는 조형적인 것이다.
　박성룡은 언젠가 필자에게 자기는 그림 그리기에 취미를 붙인 적이 있었다고 털어놓은 적이 있다. 그때 필자는 즉각적으로 그의 시가 그의 그림 그리는 취미나 경험과 관계가 있었구나 하고 생각했다. 그림 그리기는 시각예술이기 때문에 화가는 사물이나 풍경을 보는 눈이 보통 사람들의 그것보다 나으리라는 것은 어렵잖게 짐작할 수 있다. 즉 화가는 보통 사람보다는 '좋은 눈'을 가지고 있는 것이다. 그렇다면 '좋은 눈'을 가졌다는 것은 구체적으로 무슨 뜻일까.

그것은 이른바 '시력이 좋다'는 것과는 달리 대상의 성질이나 아름다움을 날카롭게 그리고 그것을 구도 속에서 파악할 줄 아는 것을 말한다. 그와 같은 '좋은 눈'을 가진 화가가 글을 잘 쓰는 예는 우리 문학사에서도 드물지 않다. 화가이기도 했던 이상은 말할 것도 없고 그밖에도 우리는 화가 겸 수필가나 그림공부를 한 시인 또는 소설가들의 이름을 알고 있다.

시인 박성룡이 그림을 그리는 취미가 있어 중등학교 시절에라도 그림을 그린 경험이 있었다면 그 사실과 그의 시 사이에는 어떤 관련이 있었을까. 필자는 앞에서 그의 시의 조형성을 이야기하는 가운데 이미 이 물음에 대한 해답을 대충 한 셈이다. 즉 그의 시작품의 구조와 이미지에서 그 관련을 찾을 수 있겠다는 것이 그 해답의 내용이다. 시의 구조가 그림의 구도에 대응하는 것이라면 시의 이미지는 그림의 형상이나 색채나 명암에 해당하기 때문이다. 그러나 명품이라고 할 만한 그의 30대에 씌어진 작품들에서 조형성이 두드러져 보이지 않는 것은 유창한 운율이 빚어내는 음악성과의 균형 때문이거나 그 음악성이 우세하기 때문이다. 이 점에 있어서는 그 작품들과는 매우 다른 T.S.엘리엇의 「황무지」 같은 작품도 비슷한 경우이다. 「황무지」가 맨먼저 독자의 주의를 사로잡는 것은 그 현란한 이미지 내지는 장면전환과 같은 구조적인 특성이지만 작품 전체로서는 마침내 교향악적인 음악성으로 환원된다. 즉 그 경우에도 조형성이 결국

음악성에 수렴되고 마는 것이다.

박성룡의 시의 원숙함은 주로 이와 같이 조형성과 음악성이 균형과 조화를 이루는 데에 그 비밀이 있어 보인다. 「양귀비 꽃」이나 「處暑記」와 제작 연대가 비슷한 것으로 기억되는 「果木」은 얼핏보면 음악성은 별로 두드러지지 않는 작품으로 보일지 모른다. 여기 그 전문을 들어두기로 하자.

과목에 과물들이 무르익어 있는 사태처럼
나를 경악케 하는 것은 없다.

뿌리는 박질 붉은 황토에
가지들은 한낱 비바람들 속에 뻗어 출렁거렸으나

모든 것이 멸렬하는 가을을 가려 그는 홀로
황홀한 빛깔과 무게의 은총을 지니게 되는

과목에 과물들이 무르익어 있는 사태처럼
나를 경악케 하는 것은 없다.

──흔히 시를 잃고 저무는 한해, 그 가을에도
나는 이 과목의 기적 앞에 시력을 회복한다.

이 작품에서 음악성이 두드러져 보이지 않는 것은 그 시각적인 형태와 관계가 있다. 즉 각 연이 2행으로 되어 있어 시각적으로 조형성을 돋구는 반면 음악성은 상대적으로 감소시키는 듯한 인상을 준다. 그러나 그것은 피상적인 인상일 뿐 실상은 그렇지 않다. 작품을 2행연으로 일관케 한 것은 말뜻이나 이미지

하나하나에 무게를 싣기 위한 것이지 음악성을 죽이기 위한 것은 아니다. 그 단적인 증거로 둘째, 셋째 및 넷째 연을 보라. 그것들은 형태적으로는 세 연으로 나누어졌지만 문장으로서는 한 문장에 불과하다.

그러니 그 문장은 매우 호흡이 긴 문장으로 도도한 그 자체의 리듬을 가지고 있다. 사실 이 작품의 첫 문장인 첫 연과 끝 문장인 끝 연은 결과적으로 그 길고 도도한 둘째 문장을 도입하고 거두는 구실을 하고 있을 뿐이다. 이러한 이 작품의 구성은 그 자체 하나의 운율적 구성이라고 볼 수도 있다. 시의 운율은 비단 말소리나 리듬만의 문제가 아니라 말뜻이나 진술의 힘의 문제이기도 하다. 그러한 뜻에서 이 작품의 운율적 구성은 짧은 서정시가 대개 그러하듯이 첫 연의 끝에서 피치가 올라가 2, 3, 4연에 걸쳐 그것이 유지되다가 끝 연에서 그것이 내려오는 단순한 형식을 보이고 있다.

이 작품은 도합 10행밖에 되지 않는 짧은 작품인데다가 그 구성도 단순하기 때문에 그것의 의미는 매우 명확하다. 그 의미는 첫 연에서 뚜렷이 제시되어 있다. 즉,

　　과목에 과물들이 무르익어 있는 사태처럼
　　나를 경악케 하는 것은 없다.

는 것이 이 작품에서는 이른바 '주제를 제시하는 문장'이 되고 있는 것이다. 그리고 이 작품의 몸체를 이루는 둘째 문장은 첫 연의 의미를 부연하면서 되풀이한 것이고 끝 연을 이루는 셋째 문장은 시인을 경악케 한 "과목의 기적 앞에" 스스로의 시적 시력을 회복한다는 진술로 되어 있다.

이와같이 「果木」의 의미구조 또한 지극히 단순하지만 그것이

주는 비상한 충격은 그 사실에 크게 의존한다. 그 충격은 또한 「교외」에 있어서처럼 시어의 선택에도 크게 연유한다. 특히 이 작품에서는 "과목" "과물" "사태" "경악" "박질" "황토" "멸렬" "황홀" "은총" "기적" "시력" 및 "회복"이라는 열 가지가 넘는, 그것도 대부분 평범하지 않은 한자어가 사용되어 있어 작품의 장엄한 어조와 풍격에 크게 이바지하고 있다. 그 가운데서도 "과물"이라는 말은 「교외」에서도 사용되었던 일본식 한자어이다. 그러나 여기서도 「교외」에서처럼 받아들일 수밖에 없는 '권위'를 지니고 있다. 이리하여 이 말은 이제 이 시인에 의해 우리 말에 편입된 것으로 보아도 무방할 것 같다.

앞의 작품들과 연대가 그리 많이 떨어지지는 않은 것으로 생각되는 산문시 「어느 시골길에서」에서도 우리는 「果木」에서 본 자연에 대한 '경악' 내지 '경이'가 섬세하고도 면면하게 서술되어 있음을 본다. 이 작품은 도합 다섯 부분으로 나누어져 있는데 첫부분에서 풀잎이나 꽃잎들의 "몸놀림과 광채" 그리고 그것들의 "독립된 습성들"에 "새삼스레 놀라지 않을 수" 없음을 이야기한 다음 둘째 부분에서 그것들을 구체적으로 묘사한다.

일진의 엷은 미풍, 한 곬의 찬 물줄기가 흐를 때마다 그들의 표정과 몸가짐은 제각기 달라진다. 어떤 놈은 가벼운 도리질로 풍향 풍속을 시늉하고, 어떤 놈은 자못 경악의 표정으로 허리를 뽑아 落雨水溫을 감식하고 어떤 놈은 또 높직이높직이 발돋음까지 쳐올려 그들의 품성과 속성을 아낌없이 드러내 보인다.

여기서 보는 풀잎과 꽃잎의 묘사도 「處暑記」에 있어서의 벌레소리의 묘사를 방불케 할만큼 치밀하다. 그러나 이 작품의 의

미는 자연에 대한 경이감에서만이 아니라 자연에 몰입되지 못한 시인 자신의 삶의 귀추에 대한 깨달음에서도 찾아야 한다. 이 작품의 끝부분은 다음과 같다.

어느 지름길, 어느 귀퉁이를 향해 이제야 달음박질을 치며 뛰어가본들 나의 육체는 이미 깊은 바다에 떨어지는 숯불의 운명일 뿐, 아아 진정 나는 이제야 뒤늦게 어딜 향해 숨가쁜 걸음을 재촉하고 있었던 것이었을까.

그 뒤 중년기에 접어들면서부터 박성룡의 시세계는 현저하게 자기 신변의 일상과 생활 쪽으로 기울어진다. 사람은 나이가 들면 체력이 줄어들게 마련이지만 시인도 나이 들면 시적 정력도 줄고 긴장도 해이되는 것이 상례이다. 박성룡도 시인으로서 이 상례를 벗어나는 것 같지는 않다. 그러나 그는 출발부터 범용한 자질의 시인이 아니었다. 그러므로 그의 중기시와 후기시도 대부분의 시인들의 그것들과는 달리 조촐하게 성공한 작품들이 적지 않다. 그 일례로 「백목련」 한편을 들어보기로 한다.

한없이 켜져만 있으려는 등불보다는
때가 오면 꺼질 줄도 아는, 그런 등불……
며칠 동안 맑은 外燈처럼 켜 있던 흰 목련꽃이
오늘은 뜰 귀 한쪽에서
소리없이 지고 있다.
숨소리도 입 안에만 머금고 사는
이 화사한 봄날——그러나 단 며칠 동안,
아침의 현관을 나설 때마다
그 불빛 이마 위에 서늘하게 와 부딪치더니,

오늘은 벌써 아픈 살이 되어
뜰 귀 한쪽에
흩어져 내린다.

이것은 보기에 따라서는 사말적인 작품으로 보일지 모른다. 그러나 여기에는 만만치 않은 시재(詩才)와 경험을 조직하는 역량이 숨어 있다. 그러한 시재는 특히 백목련꽃을 켜졌다 꺼지는 등불로 형상화한 데서 볼 수 있고 경험의 조직은 특히 지는 백목련 꽃잎을 "아픈 살이 되어"라고 한 데서 볼 수 있다. "아침의 현관을 나설 때마다／그 불빛 이마 위에 서늘하게 와 부딪치더니, ／오늘은 벌써 아픈 살이 되어／뜰 귀 한쪽에／흩어져 내린다."는 이 작품의 후반은 중년의 생활인으로서의 시인의 심경을 토로한 서정으로서는 절창이라 할 만하다.

앞에서 간략히 살펴보았듯이 박성룡 시인은 추천작품 「교외」에서부터 연령과는 일견 걸맞지 않게 거의 대가풍을 보인 조숙한 시인이었다. 그의 초기시의 놀라운 풍격은 그의 섬세하면서도 한편으로는 거시적인 시점, 이미지와 운율 사이의 균형, 그리고 한자어와 토착어의 적절한 배합 등에서 생겨난 것이지만 이러한 상반되거나 대조되는 두 가지들을 "아무렇지도 않게 조화시켜나가면서 그 어느 쪽도 얼른 눈에 뜨이지 않게 재주를 숨기"고 있는 것과 관계가 있다.

젊으면서도 재주를 뽐내지 않고 그것을 숨긴다는 것은 그 자체 하나의 슬기이다. 박성룡 시인은 생득적인 것인지 수양에 의한 것인지는 알 수 없으나 젊을 때부터 그것을 지니고 있었던 것이다. 필자가 지금부터 40여년 전 대구에서 그를 처음 만났을 때 그가 과묵한 편이고 말소리가 나직나직하여 평범하다는 인상밖에 받지 못했던 것은 기실 재주를 안으로 숨기는 그의 슬

127

기를 꿰뚫어보지 못한 까닭이다. 연전에 미래사에서 '현대시 100인선'을 냈을 때 그가 거기서 빠진 것을 알고 필자는 놀라기도 하고 유감스럽게도 생각했지만 이번에 뒤늦게나마 창작과비평사에서 그의 시선집이 나오게 된 것을 기쁘게 생각한다.

박성룡은 적어도 우리 현대시 유산에 앞에서 언급한 것과 같은 몇편의 명편을 보탠 시인인 것이다.

후   기

　시작 활동 40여년 동안에 쓴 4백여편 중에서 뽑은 시들이다. 제1부는 첫시집 『가을에 잃어버린 것들』과 두번째 시집 『춘하추동』에서 뽑은 것들로 내 나이 20대와 30대에 쓴 초기 작품들이다. 제2부는 세번째 시집 『동백꽃』과 네번째 시집 『휘파람새』 등에서 뽑은 것들로 40대와 50대초의 작품들이다. 그리고 제3부는 다섯번째 시집 『꽃상여』와 여섯번째 시집 『고향은 땅끝』에서 뽑은 50대 후반과 60대초에 쓴 것들이다. 그러나 제3부 중 어떤 것은 훨씬 이전에 쓴 것들도 있는데 그것들은 어느 시집에도 미처 싣지 못하고 빠뜨렸다가 여섯번째 시집 『고향은 땅끝』에 처음으로 실렸던 것들이다.

　말하자면 나의 시작 생활 40여년의 결실이 기껏 이것들인 셈인데 생각할수록 마음이 허할 뿐이다. 그렇긴 하나 한편 나의 풋풋했던 젊은날과 힘겹게 살아온 중년기의 발자취와 나이 들어가는 내 근자의 모습들이 여기저기 묻어 있는 듯도 싶어 내 나름의 소중함을 느끼게도 된다.

1998년 새해 구산 산방에서

박　성　룡

창비시선 170

풀 잎

초판 1쇄 발행/1998년 1월 10일
초판 2쇄 발행/2012년 2월 6일

지은이/박성룡
펴낸이/강일우
펴낸곳/(주)창비
등록/1986년 8월 5일 제85호
주소/413-120 경기도 파주시 회동길 184
전화/031-955-3333
팩시밀리/영업 031-955-3399 · 편집 031-955-3400
홈페이지/www.changbi.com
전자우편/literat@changbi.com

ⓒ 박성룡 1998
ISBN 978-89-364-2170-0 03810